精霊のうわさ話

新原由美子 散文詩集

文芸社

目次

序

八割方を同人誌に書いてから三十年、いろいろなことがありましたが、しかし、どうしても本にしたい思いがあり、この度の出版になりました。

ここかしこで争いが続く中、この本の言うことは、現実的ではないかも知れませんが、いつの日か、ほんの少しずつでも何かが変われば、と思います。

私たちは、闘いも融和も知っています。

この狭い地球の上で生き抜くことは、苦しいことでもありますが、その中に喜びも必ずあることを、忘れてはならないと思います。

何が喜びになるのかを、考えたいと思います。

これまでお世話になった方々、ありがとうございました。

文芸社の皆様も、ありがとうございます。

小さなものですが、この本を、すべての人に捧げます。

令和五年八月

新原 由美子

一　大団円

「ひとまず、生きていくことにして」
と、Ｋは思わず、口に出して言った。
どうしてだか知らないが、そんな言葉が出てしまったのだ。
言ってしまってから恥かしくなって、
あたりを見廻したが、誰もいなかった。
少なくとも人間は。

Ｋはほっとして、歩き続けた。
既に夜遅く、いつもの帰り道、
鬱蒼《うっそう》と茂る木々、点々と明《あか》りの灯《とも》る人家、
薄明りの静かな道を、うつろう心で歩いている。

（己《おのれ》を空《むな》しゅうして――）と、

今度ははっきりと、全体で言った。
自分に向かって言っているのか、そうでないのか、
もはや、わからなかった。

疲れた足取りが整って、
道に足音が響いていく。

——敵などいないのだ、
ここが何処《どこ》であれ

二　争点

さきごろの大きな戦いが終り、
多くの逡巡と絶大なる期待と共に、「世界平和宣言」が受諾された。
宣誓としては有史以来二万八千三十一回目、うらみっこなしの術計であった。
これをもって、各国の主たる政治家達は善政を誓い、力強い演説で民を励ました。
愚かなのも、そうでないのも。

近々また、争いの起こりそうな気配がある。

（侵略、内戦は、いつものことだ）

先だっての戦いについてはまだタブーが多いが、その前の戦争については、細かい補償問題が山積みになっている。このような問題はいつも、被害者か加害者、どちらかの死で、問題そのものが自然消滅するまで、大抵は放っておかれる。

それ以前の戦いは、言うまでもなく、早《は》や過去のものだ。

かつての戦場は今や、観光地として名高い。

＊

（思うさま戦って死にたいものだ）
（神様、これでは何の為に生まれて来たのかわからない）

＊

天よ
彼らが
己《おのれ》を知ることができますように

だが
続けて来られた生存競争も
戦場が在《あ》ってこそ可能だった
それが　どうやら危ないのだ
今度は

三　諸星《モロボシ》歴史研究室

教授と学生、二人の会話
学生が何か読んでいる

（「それから、いろいろなことがあって、とうとう二人は手に手をとってはかなくなってしまった」）

（続けて）

（「窓の向こうの小さなありふれた山の裾野に、一本の竹がある。そのヒスイ色の葉のもとに、二人は凝《こ》って、一粒の美しい露となった」）

（それだけかね）

（「けれども人々は、そんな事など無かったのだと――、そもそも初めから無かったのだと、今でもそう伝えています」）

（うん）

（何せ古代のことなので、これくらいのことしかわかりません。殆ど何も残って

いないので。けれども彼らは、星の輪廻については、僅かながら知っていたようです）
（そうか）
（そして、その星には花があったと――）
（花が？）
（ええ、美しい花がたくさん。桜吹雪という言葉が残っています）

四　すべてに

あるベーシストに

いまでも、とてもよく覚えています。
あの子はギターが上手《うま》くて、ええ、それはもう、よく歌いました。
あの子のはまるで魔法のようでしたよ。それがね、
誰だろうとあんな優しい子を撲《なぐ》るなんて。
彼もよくなかったんです、ああ、死ぬほど殴らせるなんて、どうしてそんな、
体に触れさせてはいけなかったのに

五　飛ぶ女

静かな光が、遠い処《ところ》から降ってくる
取り立てて、別に変わったところもないようにして
台所で、大人しくお茶を飲んでいるのに
何処《どこ》からか、懐かしい音が聴こえて来る
歌うように、呼ぶように

＊

ほんとうに呼ばれたら、そのときは
逝かねばならない
なに、表向きはね

＊

初めて、ここに来たときのことを思い出す
鮮烈な、輝く海、巻き上がる雲
火照《ほて》りの静まった宝石のような――
漆黒の闇に散る色とりどりの小さな火
赤、黄、青い灯《ひ》……
そこにはたくさんの命があり、魂があり
（さびしい魂がたくさんあり――）

＊

それから美しい夜明けが来た
花が咲き、鳥が歌を唄った
この世界を、私の心は駆け――

そして、とうとう私は

此処《ここ》に居着いてしまったのだ

＊

ここには、どうしてこんなに命があるのか
どうして、たくさんの魂が育ったのか
（かなしいのも愉《たの》しいのも、情けないのも全部入れて――）

私は、お茶を飲みながら考える
愛があるから
やはり、やはり愛があるから、と

六　神々と風土

神「A」と風土「B」が、話をしている

A　何だかまた、騒々しいね。

B　まったく。

A　ところで、わたしとアンタは、二人で一人のようなものだ。

B　そうです。

A　君は、何か、悪い事をしたかね。

B　いいや。

ふん。

A　それで、
わたしは、なんか、善くないことをしたかしらん。

B　いや、そんな。

A　そうなのだ。

B　そうなのです。

A　実にけしからん。

B　まったくだ！

A　そりゃ、あたしたちはそれぞれ、みんな性格が違う。

B　はい。

A　それは、アンタがいっぱいいるからだ。

B　そりゃ、しかし、

A　だが、それが、ケンカの種になるのかね。

B　そうなんだ。

A　何とかしてもらいたい。

B　実に、どうも。

A　何とかしてもらいたい。

――続く

七　無題

聞き慣れない音がして、男は死体になった。

線路の間の、こんもりとした処《ところ》で。

いつもは饒舌な暗がりの隅っこで、彼の真っ白だった一枚のシャツと壮絶な色が、仲良く横たわっている。

彼の精神《こころ》や現身《うつせみ》の生活などがまるで、何でもなかったみたいに静かで、豪華絢爛だ。


何十億という年月を紡いでここまでやってきた私たちの夢や、努力の成果、そのつらい記憶が、こともあろうに貴方の大怪我をした躰《からだ》から、赫々《かくかく》と輝きいでる。

その光がこんなに美しいとは――

＊

私は、起き上がり、
一杯の水を汲む。

それどころではなかった
そんなことさえ、知らなかったであろう
かいない
あなたのために

八　夢

「ホログラフィー」というのを知っているかね?
あの、はかない「立体記録再生法」というやつだ。
興味のある人は、調べてみるといい。
ここでは説明しないから。

ものごとは、最初が肝心だ。
まず大切なのは、あの漆黒の星の海原から、ひとつの星を選ぶことだった。
(どの星が似合うだろう?)

私は若い星を選んだ。できたてのホヤホヤをね。
軌道も環境も、まあまあよろしいというやつだ。
そして、空と地を分けた。
天と地――と言ってもいい。

これが、なかなか大変だった。

何せ、皆一緒くたになって、ボヤボヤと動めいていたに過ぎなかったのだから、ね。


あとは比較的、まあ、ざっとやったよ。

あんまりきっちり造ると、後の楽しみも減るじゃないか。

海や山なんぞは、勝手にできるようにしておいた。で、そう、最も肝心な点は、つまり「生命《いのち》」だった。

そのために選んだのだからね。

ある力、ある秘密、
そして、まあ、よく言えば向上心といったものを、私は仕込んだのさ。
あとは、見ての通りだ。

ただし、そんなに長くは続かない。

あの星のある集落は、☆☆年後に、無に帰る。

(ブラックホールというのを知っているかね?)

そうだ。
それで彼等は、
「無」だの、「永遠」だのが、
妙に懐かしくって、
仕方ないのさ。

九　光に向かって

結局　この世界は
光そのものの　変化《へんげ》する
――幻影であって
闇は存在ですらなく
（光のゆらぎによって　かげってみえる……）
（それだけなのではあるまいか？）

至福の秋の朝
世界そのものの　ちょっとした憂鬱
輝く真昼の　風景の中を
風がたゆとうて
猫が一匹
ゆっくりと横切って　消えてしまう

永遠が降りて来ている
たとえば　世界を画《か》いた一枚の絵のように
この世の全《すべ》てが
（生まれたとして――）

光の総体？

十　「恋愛」について・その一

私は昔、或る人の靴の上に
花をたくさん、咲かせたことがある
（それはもう、零《こぼ》れるほど、つめてあふれて）

好きになってしまったので
しかたがないといえばないのだが
どうにも、そのときは止まらなかった、それがね
（あんなに渋い顔をされるとは）

ああ
いま思い出しても、かなしいのだ
（あの花は、世界そのものだったのに！）
それが、あの人には、タダの植物だったのですから

十一 「恋愛」について・その二

まあまあ、なんてこと！
子孫をつくるんだとはいえ――

みなさん、人格をなくさないで恋愛をしましょうね？
どうぞあまりな無茶はなさらないように。
（失恋した方も同じです）

十二　情報伝達について

直接会って、聞かなければならないことが、たくさんあった。

それで、来てくれるように頼んだのだ、心から頼んだ。

だが、そのことを忘れてしまっていた。


或る夜、星間放送で、またぞろ戦争の中継を見た為に、眠れなくなってしまっていた。

よしなしごとを考えるまま、眼を閉じていると、どこかの遠い山道を、光が下りてくるのが視《み》えたが、そのままにしておいた。

さっき見た殺し合いの画面の方が、生々しかったのだ。


一時間くらい経ったと思う。

フッと何か空気が変わった。

次の瞬間、後ろに誰かがいるのがわかった。

そして向こうから力が伝わるのと、私が力をいれてギュウッと振り返ろうとするのとが、同時だった。

だが、その力はもう全体を包んでいて、私は身動きができないのを知った。何、無駄なことだとわかってはいたのだが、そのときはちゃんと、正面から会いたかったのだ。むろん、邪悪の感じは無かった。


部屋の暗闇の中に、微かに弧を描いて、何かの輪郭らしい赤と青の光が見えた。その者は近づき、額の、縦に三本の線、顎の細い顔らしきものが、目の前に現れるに及んで、私は観念して眼を閉じた。

左脇と右手に押さえるような感じが加わって、今度は頭に、より正確に言えば脳に、直接「伝達」が始まった。

私は好奇心が出て、精神で拒絶してみたが、はっきりと「しかたがない」と、いなされた。何だか随分、簡単な感じだった。

それからまた、ちょうど電圧が高まるのに似た感じで、何というか送信のレベルが、一段と上がった。

私は総《すべ》てをまかせ、受け取る模様に集中した。

光の中に、黒っぽい文字らしきものが数列浮かび、その後は、対角線のある正四角形の内側で（ピラミッドを上から見た形だ）、様々な色や形が、殆ど光で表された。

幾つもあったが、全部は覚えていない。

私の知識で判読できるようなものではなかった。多分、そんな代物《しろもの》ではないのだ、全然違うのだ。

それでも、先方は、こちらの無意識の中にインプットしているという、そのことはわかっていたんだと思うが……、わからない。

それとも、うまくいかなかったのかもしれない。

伝達が終ると、あっさりとそれは去った。

あっさりし過ぎると言いたいくらいだった。

突然、時間の性質を変えられたような、

置き去りにされた感じだった。

疲れて、夢から醒めたような状態（？）で私は、急いで左脇と右手に残った感触の跡、その感じを調べた。

疑いようがない、疑う方がおかしいのだ。

全身の力が脱けた。

私は、祈ったことを告白する。

ああ、それが邪《よこしま》な力でないように、と。

全く失礼な話だが、許してほしい、
馬鹿な奴だと思われたかも知れない。だが、私たちの持つ「力」など、まだ、たかだかその程度のものなのだ。

☆

私はいまのところ、何も変わっていないと思うのだが――。

これからどうなるかは、まだわからない。

変わらないかもしれないし。

或る種の力には、どうして、

「預かっている」「向こうから来る」という実感が伴うのだろう?

私の頭にはまだ、それを理解する能力はないけれど……。

☆

しかしながら、私は時々、
己《おのれ》の力が、全部出せますようにと、念じることがある。
或いは、私は翻訳するただの巫女だろう、
力は私を通り過ぎるだけだ。

日曜の午後三時
世界は美しい

十三　明日に

ある夜、疲れ切ったあなたは、
希望などない、
無くなってしまったんだと、考えた。
いやはや、良かれと思った事は裏目に出――、
（なに、自分の力が足りなかったのは、わかっているさ）

加えて世界はもう、
いや、いつもながらムチャクチャだった。
「前向きに」なんて、ナンテ空しい言葉！
まるで、最初からつまらない世界に――、
憧れなんざ、ゆめ幻の宇宙《せかい》にいるってことか。

やっぱり、
そんなところかも知れなかった。
もう、考えたくもない――。
（これまでの歴史？）
（何があったのかなんて、ほんとうには知らないさ）

上手くなんかいかない、
この星の事にしろ、
自分の事にしたって、こんなことじゃあ、何てことだ！

☆

（さあさあ、疲れた優しいお方）
（あたたかい布団にくるまって、早くおやすみ）
（あたたかい布団の無いひとは）
（月と星に守られて、無になって早くおやすみ）

（絶望も希望も、意志がなぞる、ただの幻であると知り）
（いつか死ぬように育つ私たちは）
（それを越えるべく、想像力をも）
（どうしてかこの身に持って、軌道を廻る）
（それも、もう少しの間だけ）

☆

さあさあ　優しいひと

そして
明日　起き上がるときは

十四　人類処生訓

強く生きたまえ
役に立つことをしたまえ
しかし　君がそうする事で
弱い者が
傷つくとき
君はもちろん
神でも聖者でもないだろう
一体どうするのだ？

それでも　生きたまえ
強く生きたまえ
役に立つ事をせよ

自分の仕事をせよ
ほんとうの自分の仕事をせよ

十五　わたしたちは既に（風景として）

もしかしたら
私は
もう壊れてしまった
「過去」のなかで――
およそ限りない努力を
しているのではないかと　思う
鳥が　鳴くように
風が　吹くように

＊

生きとし　生けるものも
全《すべ》てが
夢ならば——

どうして
世界は？

美しいものが
懐かしいと　いう

そのことを知るがために——
すべてが？

そんな

十六　人徳たたき売り

皆さん、
人徳というものをご存じだろうか？
ちょっと　まわりを見渡してェ、
どんなのだったか、思い出して欲しい。
安っぽいのも……、高潔なのも。

「さあさ、人徳」
「そこに一列に並んでみたまい！」

さてさて、皆さん、
これが噂の人徳というものさ。
こんな機会は滅多にないゾ、
何せ御眼《おんめ》にはみえぬもの。

（さあさ）
（どれでも、取ってお行き！）
（さあさ、つかんで）
（持ってお行き！）

お持ちの方にも、
もひとつ、お土産にしてェーと、
コリャ。

＊

（好きな人にしか使わないみたいよ）
（そんなはずないよ）
（も一回、やってみる？）

十七　魂に

公子　人間《にんげん》に其《それ》が分《わか》るか。
博士　……詩人《しじん》、画家《ぐわか》が、しかし認《みと》めますでございませう。

泉鏡花『海神別荘』

キンミズヒキの
花の上
うっすり　はける
金のいろ
不思議に想う
ひといたら

（見てごらん）
（見てごらん）

○

――それで
視《み》てしまったというのだね
むやみに話してはいけない！
誰にでもというわけにはいかないのだ
わかるだろう

○

いや
もし見えなくても――

悲しむことはない

あなたには
もっと別の　素晴らしいものが――

与えられて　あるだろう
お祭りの夜の　逢引《あいびき》や……
例えば　家族の団欒
より善き家庭――
(努力したまえな？)

そして
視《み》えてしまった者は――

○

大いに　哀しむがよい

まずは
お前の大切な
孤独に——

そうして
微笑みたまえ

かの花のように
微《かす》かに
金色に

十八　堕《お》ちた奴ら

散歩に出たら　いつもの野原に
羽が落ちていた

小さい　白いので
誰んだか　すぐにわかった
ちょっと　汚れて——

それが
風に
そよそよとする

＊

二つ　並んで
堕《お》っこちているので
（とうとう）
（また　やった）

かなしくて
ちょっとだけ
泣いて　帰った

＊

何にも
知らないんだから
ね？

十九　一過の光の上

あなたが
微笑んでから
何年

あなたが　頭《こうべ》を垂れて
祈った
あの日から

あなたが　誰だったかなんて
わたしには　もう
わからないが

＊

やってくる憎悪を
嫉妬を――
ときには　私たちも描く

人間なぞ
いくらでも　赦《ゆる》せることを

（歌え）
（歌え）
（――愛のために？）

憎むことを　変えられずに
なんぞ　愛かと
自分に問いたまえ

誤解していたと　微笑まれてから
どうして憎んだかと
おのれに
聞きたまえ

*

（何ぞ）
（恐がることはない）
（知っていることに）
（忠実なだけでよいのは――）
（わかっているはず）

*

一過の光の上

ああ
静かに
生きたまえよ!!
すべて
費やして
近づきつつさえ
あれば
いつか

二十　小芸術村の午後

諍《いさか》いのたびに思うこと

芸術村の　善兵衛は
森のカラスが
好きじゃあない

ヤツは叫んで　空を渡る
「アホォ、アホォ」と
聞こえるからで――

しかし
カラスは
気にしていない

よく似たことが　方々で起こって
芸術村は
始終　騒然としている

二十一　仲間達

S・ボッティチェッリに

ヴィーナスは
ひとしきり　泣いたあと
生まれてきた

どうしてか　知っているひと
この指
とまれ

二十二　記録

またしても、教授「P」の話

P（「太古の昔は仮想敵なるものを想像上作り、その行動を基にして――、戦いの練習を行いました。」）
A（えっ？）
B（は？）
C（仮想敵？）
P（……ハア）
B（もう一度、説明してください）
C（何のことやら、さっぱり）
P（「昔の『軍隊』というものは、実際にはいる筈のない『敵』をあらかじめ想定し、争いの技術を高めるためにその敵を相手に戦うという予測を立てて戦いの戦いの戦いの戦いの

二十三　一つの場所に於《お》いて立つということ

1

天使だの愛だのと皆で自分たちの良い所を捜すがいい
だけどしかたがないのさわたしたちは殖え過ぎたのだ
いい所捜して安心しようったって
無理だぜ
どこにも行けないんだから

2

違う者に　なりたいのなら
別さ

高みへ
高みへ

二十四　無題

（希望があるとか　ないとか）
（絶望的だとか）
（そうじゃない　とか）

（人間どもは　おこがましい）

（全き　努力を　したことがあるのか　どうか）

（ほんとに）
（続けているのかどうか）
（考えてみるといいのだわ）

二十五　神々の対話

A（ほれ、あそこに見えるじいさんさ）

B（ほう）

A（あれは、毎朝五時に起きて、わたしを拝んでおるのだが）

C（感心感心）

A（それが、何を頼むかというと）

AB（欲の深いことばかり）

C（あれは……、うらみごとに見えるがね）

B（そりゃまたなんと）

ABC（恥さらしな！）

＊

C（ちょっと　脅かしてやろうかい）

B（ソレソレ）

――じいさまの小さな社がゆれる――

ABC（おおおお、喜びおったわい！）

＊

ワッハッハ
ワッハッハ
（じいさん）
（じいさん）
（しあわせに　おなり）

二十六　生意気に

ねえ
おかあさんてば
おこるって
いうのは
まだ

大したことないんだってよ？

二十七　人類義務教育

いいこと　思いついたときは
（すぐに動きなさい）

悪いこと　考えたときは
（考えないの）

……それがねえ

いいと思って
するんだから

二十八　一人の迷える女のために

総じて、きょうはきのうより
はるかに自分に満足であった。
ノヴァーリス『日記』

唯今《ただいま》が
どんな様子であろうとも
それは　さておき
遠くの
迷える女よ
小さなものから
愛せ……

二十九　青い月夜の……

T・Oに

月夜の晩に
ビルの上で
男が一人
踊っている
明日の心配も　忘れて
明日の心配も　既に忘れて
男が踊っている

三十　永遠運動について

意志とは
愛のことである
それが
何かは――
言えませぬ

知っているだけ

三十一　敵もしあらば

人は
おのれの敵に似る　と
誰かが言った
（いつも　何よりも　教えてくれるのは――）
（いったい　誰？）

でもね

あのひと

見かけのことばかり
言うの

三十二　幸福について

また　春になった

あちらこちらで　嬉しいかなしいと――
さんざめいては　夜が来る

苦いことも　後悔も

生きるものは
生きることに――

生きるのだ
理由なんか無い

＊

（わたしの　小さな全《すべ》てよ――）
（闇が　深まり薄まりする――）
（その音をお聴きなさい）

星が廻《めぐ》って
星が巡《めぐ》って

（人は　ついこのあいだ）
（灯《あか》りを点《つ》けられるようになったそうな）

ああ

光が
降ってくる

三十三　夜

《よろしい！　よろしい！　もう結構だ！》
アンリ・ミショー『グランド・ガラバーニュの旅』

サンドルとグレアの両国が戦い始めたとき、サンドルは富み、一方グレアは貧しく、一体に荒れ果てていた。

二つの国は遠く空間を隔てていたが、生命体としては、隣り合っていると言ってよかった。

グレアはまず自国の中で、サンドルを貶《おとし》める情報を盛んに流した。人心の一部が興奮し、過激派と呼ばれる者たちが町に出没するようになるのを待って、グレアはサンドルへ宣戦した。

負けるかも知れなかったが、もう何年もの間――、この国では食料が足りなかった。全《まった》き経済体制を作るには、人々はまだまだ不勉強だったし、何よりも欲が深すぎた。

足りないものがあれば奪えばよかったし、生きるとは、ここではそういうことだったのだ。いままでずっと、そうやって生きてきたのだった。しかし彼《か》の国では、自給自足がほぼ、永久に続くように意図されて、生命体としては独立を果たしていた。

奪うものは、確かにあったのだ。


サンドルは、この事態を、ようやく掴《つか》むことができた。

ぐずぐずしてはいられない、急いで主だった者が集められて、会議が開かれた。

反省の色の濃い、会議だった。

サンドルの空に破壊の雨が降らぬよう、万全の対策が検討された。

そして、「処置」と呼ばれる古い作戦が選ばれて、グレアと開戦することになる。

＊

グレアは武力を重んじたが、サンドルの方法は全く違っていた。

そのやり方はこうだ。

〈食物の雨〉
〈生活物資の雨〉
〈エンドルフィンの雨〉
それに
〈儚《はかな》い夢の雨〉

これに伴って、グレアの気象風土も大急ぎで判断され、必要な「処置」が施された。但し——、
（卑怯者は徹底して暗殺されたという……）

もっともこれは、グレアのほうの噂話で、憶測の域を出ないが。

＊

グレアの指導者達は、サンドルの大虐殺を計画したものだったが、サンドルでは虐殺などは最も古い戦法で——、もう、思い出す者さえ殆どいなかった。それ

に、虐殺は、敵を強くするだけだった。
歴史では、いつも。

結果、全くこれではお話にならないのだ。
グレアは、戦闘意欲を無くしてしまった。
——あたりまえだ、憎む理由が無くなったのだから。
（敵は、こちらの命を脅《おびや》かさなかった……）
サンドルは、勝利を収めた、というよりはむしろ、
「戦いなんざ、どうでもよかった」のだ。
荒《すさ》んだ人々がいるのは、気持ちのいいものだろうか？

＊

ここに於《お》いて
初めて
彼等は

それぞれの
夢を追い
無駄に
殺し合う暇《ひま》は
もう

三十四　Mに

一昨日、*ストイケイオンが届いた。
何日か前から、仕方ないなあと思っている。
よくこなして、削ることを、最後迄やったか？　と自問すると――、
否、それでは、どういうつもりなのか、

結局、わからないことばかりになって――、

初校の段階で、H氏に「おもしろいね」と言われた。
自分では、余りに拙いと思う……。
ヤレヤレ。仕方ないだろう。
絵のほうも頑張りなさいよ。

買い物に行かなくちゃならないが、ここんとこ、とても孤独で、

それが全身に出てるだろうと思うと、街に出る気がしない。

ならば、あなたは昔よく希《ねが》ったように、いわゆる「幸せな温かい家庭生活」というものが欲しいのかというと——、
全くそうではない、困ってしまう。

いいなあと思うけれども、時々嫉妬したくらい思ったけれども、自分が、そこに居ることを、想像できないのだ。

それを不幸と言う人もいるのは、知っている。

*

私の幸せは、もっと大きくて限りがなく、
そして、つらい。非常に辛い。

世界の只中に立っていて、周りには何もなく、
ただただ、風ばかりが吹いているという——、
私はその中で、たったひとりで、
きちんと立っていなければならないという——、

そんな気持ちだった。

ずっと続く、今でも、これからもずっと。
星空と荒野の世界が、生きている限り、永遠に。
ついに立てなくなったとき、終りが来る。
そして――、
わたしはそれを望んで立っていてはいけないのだ。

我を忘れて、ただ、立つ。
ただただ、立っていなければならない。
欲や何もかも、捨てられるものは全部捨てて――
どうしてなのだろうか、何故?

＊

だから　私は
星空や　荒野のことを　歌うのだ

満天の闇と光　それがどんなに動いて
巨《おお》きな歌をうたうか

荒れ野の土の　地平の翳《かげ》りの
ひとつひとつを

私が　どんなに
愛したかを

＊同人誌の名前

三十五　恋人に

「お家に帰る道を教えて」と彼女は歌う。
T・カポーティ『クリスマスの思い出』

そう
いまから考えると――、ずいぶん昔の話になる。
世界の両端に近いところに、住んでいる者が二人いた。
その頃、大勢の者が生きてはいたが、
お互いに、愛し合えるという点では――、
この両名は、全く特別な、
「二人」であった。
少なくともこの時空の、連鎖の中では。

☆

或る場所で、定まった時刻に彼等は必ず出会うことになっていたので、彼（女）等は、そうとは知らずに段々近づいていくのである。

少しずつ、少しずつ。その距離、その時間などものともせずに。

しかし彼等は——、
そのことには、気付かせてもらえなかった。

いつもそうなのだ、恐らくは。


そして——

（彼等は　自らを全《まっと》うしなければならない）

（かかる呪縛に対して　何よりも至純であるために）

（或いは全的に——）

（あのものと同一になる為に）

そのためにだけ——

郵 便 は が き

料金受取人払郵便

新宿局承認

2524

差出有効期間
2025年3月
31日まで
(切手不要)

1 6 0-8 7 9 1

1 4 1

東京都新宿区新宿1－10－1
(株)文芸社
愛読者カード係 行

ふりがな お名前		明治 大正 昭和 平成 年生 歳	
ふりがな ご住所	□□□-□□□□	性別 男・女	
お電話 番 号	(書籍ご注文の際に必要です)	ご職業	
E-mail			
ご購読雑誌(複数可)		ご購読新聞 新聞	

最近読んでおもしろかった本や今後、とりあげてほしいテーマをお教えください。

ご自分の研究成果や経験、お考え等を出版してみたいというお気持ちはありますか。

ある　ない　内容・テーマ(　　　)

現在完成した作品をお持ちですか。

ある　ない　ジャンル・原稿量(　　　)

書　名			
お買上 書　店	都道 府県　　　　市区 　　　　　　郡	書店名 ご購入日	書店 年　　月　　日

本書をどこでお知りになりましたか?

1.書店店頭　2.知人にすすめられて　3.インターネット(サイト名　　　　　)

4.DMハガキ　5.広告、記事を見て(新聞、雑誌名　　　　　)

上の質問に関連して、ご購入の決め手となったのは?

1.タイトル　2.著者　3.内容　4.カバーデザイン　5.帯

その他ご自由にお書きください。

(　　　　　)

本書についてのご意見、ご感想をお聞かせください。

①内容について

②カバー、タイトル、帯について

弊社Webサイトからもご意見、ご感想をお寄せいただけます。

ご協力ありがとうございました。

※お寄せいただいたご意見、ご感想は新聞広告等で匿名にて使わせていただくことがあります。

※お客様の個人情報は、小社からの連絡のみに使用します。社外に提供することは一切ありません。

■書籍のご注文は、お近くの書店または、ブックサービス(0120-29-9625)、セブンネットショッピング(http://7net.omni7.jp/)にお申し込み下さい。

（必ず　進んでいなければならなかった）
（何があっても）

☆

その日がどんな日だったのか
いまはもう　私にはわからない
あの薄明の日

微笑むような雲の
五月の　晴れた日であったのか
それとも嵐であったのか

何回も　思い出すうちに
わからなくなった
けれども其処《そこ》は――

一つの円火に
閉ざされたまま――
世界の中に
今も漂うているように　思われる

☆

出会いがしらに――
何かしら
うれしいような
かなしいような
キュッと
世界のつまったような
心持ちがしたが――

何であるかは
わからなかった

引かれて——
咄嗟《とっさ》に
お互いの瞳を　覗き込んだ

其処《そこ》は
世界の淵に似て
——一面に

波が
（或いは光が）

湛《たた》えられ
ゆれていて

一瞬と
永遠が
行き来して　消える
(あのものに)
(似て)

☆

――離れるのは
(死者は　いつも)
(孤独でなければならないからである)
どうしてなのか
わたしにはわからないけれども

そのまま
また
別れた

☆

だから　恋人よ
元気をお出し

人の言う　美しいもの
懐かしいものに於《お》いて——
星に於いて
わたしたちは　自由である

人の欲しがる現身《うつせみ》など

一体　何だというのでしょう？
世界は
よい夢を　見るべきなのに

☆

だから　恋人よ
元気をお出し

わたしたちには　まだ
やるべきことが　たくさんあって――

わたくしは

あなたに
何ものも
求めないけれど――

愛こそ　すべて
愛こそ　すべて

三十六　世界の終りに

風は止み
歌もなく
もはや　夢も――
終りに近づいた

（いつも誰かを）
（何かを）
（愛することで）
（生きながらえてきた）

誰も　愛さないものは
生きてゆけない
誰にも　愛されぬものは
生きてゆけない

三十七　やってくる明日に

（もうそろそろかい？）
（いや、もうちょっと）

――哀れな蔑《さげす》みを知った者よ
（その心を、決して侮《あなど》ってはいけない）
だからね――
もう
そんなことは　忘れてしまって
（下げ済むも、さげすまれるも結局は同じことだった）
醜い輪は

自分で
踏みつぶせ
文句があるか？

三十八　愛の夢

どうして
愛が　法則になったのか
誰か　教えてほしい

（――いやいや）
（もう、隠すこともないわ！）

三十九　恋愛の力

「ああ、つける薬もない」

1　証拠

群衆のなかの
とおいひとよ……
夜空の月を
捜すほどに　いともたやすく
私《わたくし》の眼は
あのひとを見つけ出すのだ……

その早いことといったら

2　嫌気

ああ
風邪を引いたらしい
面《おもて》は火のよう
眼は虚《うつ》ろ
他人《ひと》の噂でくしゃみをするわ
（あのひとのことばかり考えて）
ああ　いやだ
恋愛なんかいやだぁ

3　ひとめ惚れ

そんな困ったひとだとは　知りませんでした
僕も知りませんでした

――どうして
こんなことに？

たぶん
おおかたの記憶が……
「CANCEL」になってしまったからでしょう！

パコパコパコパコ……
パコ　しまったぁ

四十　わたしは力を与えられ

わたしは　力を　与えられ
ここに　生きることとなった

恋人よ　あなたは　不思議にも
その力を　強くしてくれる……

それで　また
わたしは　うたっているのだ

しかし　恋人よ
わたくしは　一度死んだものである

（死んで　生きるものとなった！）

そのことは　ときに　あなたを
かなしくさせる——
（それは　わたしにも　つらいのだ）

けれど　恋人よ
そのことを
わたしは　誰にもわかってもらうまいと
思っているのだ！
（誰にも　わかってもらえないと　知っている……）
愛《いと》しいひと
あなたにでさえ

四十一　わたしたちの将来

（あれぇ！）

（せっかく咲いているのに本に挟んでしまったよ）

（あれはね、「名残《なごり》」にするんだよ）

（あれがそう……）

（うん。美しいものをね、忘れないようにって、ここのひとたちはああいうことをする）

（不思議なもんだねぇ！）

（限りがあるからね、ここは）

（ああ、ここはね）

（みんな知ってるんだ、ここは永遠じゃないってことを）

（うん。でも、つながってるんだけどね）

（うん。ほんとうはね）

（だからみんな懐かしがって、つい、ああいうことをする……）

(ねぇ、もっと言ったほうがいいんじゃないの？　思い出すのは心の技術だって要るんだよ)

(彼らは「からだ」があるでしょう)

(ううん、そうだった！)

(いつもいつもそんな努力を続けるのは、それはここの者じゃなくなるってことなんだよ？)

(からだを持つと、なくすのがこわくなる)

(——でも、からだも素晴らしいよね)

(うん。どんなのもね。ここは、僕は、豪奢で静かで——、ほんとに、美しいと思うよ)

(それはね、君がそう思って見るから……)

(——そうやって、変わる？)

(ゆっくり動かすのさ)

(だから歌うんだ)

四十二　無題

肉食　草食　雑食を維持してきた我ら
殖え続け　ついに
自ら同族の維持の為に　我ら同族を犠牲にすることに決定
理由が要ったので
民族の違い
或いは
精神性の違い
という差別化をどうにかして
行動に移る

同様の事は
既に　同種間で常々行ってきたので
同族相手　ということにもそのうち慣れた

他のことは　ひとまず考えず
ひるまず　生きることだけ

そのまま
お互いに破壊し続けて
自ら　不自由極まりなく
やがて
衰《すた》る

しかし
どこまでを　同族とするかで
彼らは　いつも迷った

＊

ヒトの知性とは

このようなものである
そうではない夢も
みたのだが

四十三　悪さ、或いは心のもの

つまりかれらは、生まれながらにそれを知っているわけではないのだ。

コンラート・ローレンツ『攻撃』

電話を切ると、(今夜)という声がした。

その日も私は忙しかったので、それが何のことだかも考えずに、心にしまった。

(行き先があって——)

私は、いつもそんな言い訳をしながら、淡い、やわらかなものを、置きざりにして生きて来てしまったと、時々思う。

その晩私の右手の方に、ほの白い塊がやって来た。

人の形に視《み》えたのは、いまでもどうしてかわからないが、それは空気が痛いほどに、シリシリと憎しみの音を立て続け——(私に何とかしてくれと言う——そういうことだと思う)、それには顔が無かった。お互いに恥かしいから？　それともそんな必要もないからか。

（やさしい気持ちになって）
（やさしい気持ちになって）
（やさしい気持ちになって）

三回言うと、それでも憎しみはわかって、飛んで帰った。
私は、誰の魂か僅かに知っているが、大したことじゃない。

＊

何とかしてくれといつも憎しみは言うのだ。
他に方法がないわけではあるまいに。

のう、憎しみよ。
私はお前の顔を眺めるたびにつくづくと思うのだ。

ゆるすことさえできれば、
そのことさえできれば、

いつかは

四十四　わたしが静かにしているのは

わたしが静かにしてるのは
決して　絶望《あきらめ》からでなく
うつろう人の心なぞ
欲しがるまいと　決めたから

四十五　蝉時雨

夏のある日
やがて　あとかたも無くなる夏のある日に
わたくしは
わたくしの心に疲れてしまい
時雨のなかで　立ち止まる
なるほど
ここは美しい
美しいが

四十六　I HAVE JUST SEEN HIM PASS

（カミヨ、ドウシテオミステニナッタノデスカ）
（ヒキウケルモノハ、ソウデナイモノノヨコニイヨトイウ）

☆

生きとし生けるものは、皆、風になって吹き抜ける
大地はまた造る
そして風はまた吹いて――
世界はあるがまま、なるがままに進む
暗黒のなかに――

世界よ
答えておくれ

この巨《おお》きな音は何？
静かな、このめくるめくものは
一体何なのか

☆

世界よ

しかし、美しいものは迅《はや》い
私はたった今、また視《み》てしまった

I see, I see,
It's always so,
I see.

My lover?

四十七　歩く人に

無事に歩いておくれ
遠い道
遠い道
行く手には
闇が
行く手には
光が
無事に歩いておくれ

遠い道
つらい道
人は歩かねば
歩かねば
着かないから
遠い道
とおい道
（信じて歩く）
（信じて歩く）

四十八　私たちは何処《どこ》から来たか

そして何処に行くのか

そうだ
美しいものに憧れる
魅かれて止まないというのは
一体　何事なのであるかしらん

美しいというのは
どこか　根源的な――
私たちの生まれた理由に
関わりのあることではないかと
私は薄々　感じています

それで　私たちは
どうにも離れがたく
或るものに向かって
近づいていく他はなく

折々は　その為に
命を落としたりして
しまうのであります

彼等について

四十九　行方

(神に対してというよりはむしろ、心映えから起こりました)

(美しいものが好き、ここまではいいんだ、そんな次元だから)

(それは多分、全《すべ》ての生まれや成り立ちに)

(関係があると言うんだね？)

(ええ、それも経験からと)

(無に連なって動いたと――)

(その後だよね)

(問題は……)

(驚いて狂った者も多いんです、彼等にしてみれば恐ろしい。知らなかった者、気づかずに終った者、気づいても忘れた者、それが大部分でした、これは孤立します)

（巻き込むか、越えていくかと言ったのか？）

（さあ、その後は掴めません。全てが消えてしまいました。そ、う、い、う、こ、と、が、あ、っ、た、ら、し、い、と、そのことだけが）

（残ったのだね）

五十　五歳の頃の想い出

真夏の　白い陽射しの中
風もなく
しんとした　梢の
高いところが　揺れている

バサバサと
翼の音をさせて
天使が
飛んで行った

らしい

五十一　ノスタルジア

夜明けと日暮れの
際限の無さそうな繰り返し
このひと時にも　あのひと時にも
やはり変わらずに　梢がそよぐ
そして
わたしはいつも同じものを
そこに見る
またそよぐ

しかし
それは語ることもできぬので
それでわたしには　秘め事が多いのだ

そうだ

懐かしいものがいつも
其処此処《そこここ》に流れているので
わたしはそれなしでは
生きてゆくことができなくなった

でも
秘密にしたまえ
彼方のひと

感じやすいことを秘密にしたまえよ
彼方のひと

時々
あなたには
視《み》えすぎる

五十二　詩人について

「あぁ、神様。」と
F・ショパンは言いました

詩人の努力は如何なるものか
詩人の努力は　一つには
よく　善くはたらくことでしょう
詩人の努力は　二つには
よく　良く歌うことでしょう
（これができねばなりませぬ）
それから　いつも真っ直ぐで――
（これが誤解の種でした）

それから　いつも信じるに——
（祈りでなければ何でしょう）

詩人については
ほんとうは
誰にも明かせぬ　秘密持ち

誰にも
明かさぬ
秘密持ち

五十三　遠くの人へ

朝の挨拶

（あなたは　そこで）
（心をきれいにして　立っておればよろしいわ）

五十四　ほんのしばらくの間

それは　つい
この間のことであったが
しかし――
心がはりさけるというのは
ほんとうにそうやって
裂けるのである

わたくしはそれでも
歩き　食べ　眠りもした

ほんのしばらくの間
こうやって生きている間にも
心は　そうやって

ばくばくと痛んだりし
わたくしは　また
ずっとそれを見てきた
（何　わたくしのだけでなし――）

そうやって　そうやって
いつものように　その日も生きる
このままでは　わたくしも
弱って死んでしまうのではないかと
思われた日もあった
だが
だが　そうやって　観ているうちに

（初めは雪かと思われた……）

音もなく

落ちる白いものがあり
それは
突然　わたくしに視《み》え
降りつづけて　しんしんとした

わたくしは
哀しいことを受け取る
わたくしは
いつも　かなしいことを受け取り

そのようなことには
まことに関わりもなく
世界の向こうで
花はしきりに降る

降り続ける

五十五　最後の玩具

（あの星雲の中の、例の星が亡んだのはいつだったろうか）
（さあ……あの、子供の悪戯で表面が吹き飛んだという――）
（うん、そうだ、馬鹿なことをした）
（もうしばらくすれば別の生き物が出てくるかもしれませんが）
（しかし、あの星には特別なものがあった――）
（それを、あの星の者はあまり大切には思っていませんでした）
（別の星に何とか移ったというが本当かね）
（そうらしいですが、また同じことが起こったでしょう）
（管理もできない物を、何でまたいじることにしたのだね）
（自信過剰であったのでしょう、あの星には、美しいものが沢山あったのに残念です）
（美しさは短いし、儚い、仕方がないかもしれないが）
（でも痛い思いをして、少しはわかったかもしれませんね）

（次の星でかね？）
（さあ、もし、その心がけがあれば）
（結局そうなのだね）

五十六　エピローグ 精霊のうわさ話

それがいつのことであったか
定かではないが
或る星の精霊たちの間で
こんな　うわさ話があった

その星には争いごとが多く
いつも　どこかで　人々が多数死んでいた
そして　他の生き物たちですら
弱肉強食であったから
精霊たちは心配して
その上の存在に向かって
ある願いごとをしたというのである

それは即ち
殺し合う彼等に
どうか救いをということであった
そして　精霊たちの殊勝さに免じて
その願いは聞き届けられたというのである

だが　救いは
いつのことであるかわからない
うわさによると
ある大きな戦いの静まった後
西の空から
ある者たちがやって来るという……
生き物たちの魂は
彼等によって
すべて残らず
救われるというのである

しかし　所詮
それはうわさ話に過ぎず
何事も起こらないと言う精霊もいる
しかし　うわさ話は依然として
連綿と伝えられている

いつなのか
どうなのか

精霊たちも
知らない

（未完）

参考文献・資料

「夜叉ヶ池」泉鏡花　株式会社講談社　講談社文庫　昭和54年8月15日発行

「日記・花粉」ノヴァーリス　株式会社現代思潮社　古典文庫35　１９８６年8月25日発行

「グランド・ガラバーニュの旅」アンリ・ミショー　青土社　ユリイカ叢書　昭和47年6月10日発行

「クリスマスの思い出」トルーマン・カポーティ　株式会社文藝春秋　１９９０年11月25日発行

「攻撃」コンラート・ローレンツ　株式会社みすず書房　１９９４年2月10日発行

「ヴィーナスの誕生」サンドロ・ボッティチェッリ（１４８５年頃）イタリア　ウフィツィ美術館

著者プロフィール
新原 由美子（しんばら ゆみこ）
1958年3月生まれ、福岡県出身
福岡県立八幡中央高等学校卒業
美学校　描写教場、銅版画工房中退
趣味　ピアノ

精霊のうわさ話 新原由美子 散文詩集

2024年5月15日　初版第1刷発行

著　者　新原 由美子
発行者　瓜谷 綱延
発行所　株式会社文芸社
〒160-0022 東京都新宿区新宿1－10－1
電話 03-5369-3060（代表）
03-5369-2299（販売）

印刷所　株式会社フクイン

ISBN978-4-286-24977-3